CATALOGUE

DE

LIVRES RARES

ET CURIEUX

LA PLUPART ORNÉS DE FIGURES

COMPOSANT

LE CABINET DE M. F.

PARIS

Vve ADOLPHE LABITTE

LIBRAIRE DE LA BIBLIOTHÈQUE NATIONALE

4, RUE DE LILLE, 4

1883

CATALOGUE

DE

LIVRES RARES

ET CURIEUX

LA VENTE AURA LIEU

Le Mercredi 24 Janvier 1883, à 2 heures précises

HOTEL DES COMMISSAIRES-PRISEURS

RUE DROUOT, SALLE N° 3

Par le ministère de Me MAURICE DELESTRE, commiss.-priseur

RUE DROUOT, 27

Il y aura Exposition particulière le jour de la vente de 1 heure à 2 heures

---

CONDITIONS DE LA VENTE

La vente se fait au comptant.

Les acquéreurs payeront 5 p. 100 en sus des enchères, applicables aux frais.

Les réclamations devront être faites dans les vingt-quatre heures de l'adjudication. Ce délai passé, ou une fois sortis de la salle de vente, les articles adjugés ne seront repris pour aucune cause.

M. EM. PAUL, gérant de la librairie Vve ADOLPHE LABITTE, chargé de la vente, remplira les commissions des personnes qui ne pourraient y assister.

ORDRE DE LA VACATION

Numéros. . . . . 1 - 50

— . . . . 52 - 108

— . . . . 110 - 178

Paul et Virginie, édition Curmer, *exemplaire broché*. 109

Contes de La Fontaine, *édition des Fermiers généraux*, relié en mar. par Derome. 51

Paris. — Typ. G. Chamerot, 19, rue des Saints-Pères. — 13838.

CATALOGUE

DE

LIVRES RARES

ET CURIEUX

LA PLUPART ORNÉS DE FIGURES

COMPOSANT

LE CABINET DE M. F.

PARIS

Vve ADOLPHE LABITTE

LIBRAIRE DE LA BIBLIOTHÈQUE NATIONALE

4, RUE DE LILLE, 4

—

1883

CATALOGUE

DE

LIVRES RARES

ET CURIEUX

THÉOLOGIE

LETTRES sur divers sujets de Morale et de Piété, par l'auteur du traitté de la prière publique (Duguet). *Paris*, *Jacques Estienne*, 1708, in-12, mar. r. jans. tr. dor. (*Rel. anc.*)

Bel exemplaire, réglé.

2. B. Pascal. Les Provinciales (texte de 1656-57), publiées avec notes et variantes et précédées d'une préface, par M. S. de Sacy. *Paris*, *librairie des Bibliophiles*, 1877, in-8, vél. à recouvr. tête dor. non rog.

Exemplaire sur PAPIER DE CHINE.

3. De l'Imitation de Jésus-Christ, traduction nouvelle (par l'abbé de Choisy). *Paris*, *Antoine Dezallier*, 1692, in-12, front. et figures de Mariette, mar. bl. doublé de mar. rouge, avec large dent. gardes en moire cerise, tr. dor. (*Lortic.*)

Édition rare et recherchée. En tête de l'épître dédicatoire au roi, se trouve une charmante vignette qui n'existe que dans cette édition, elle représente la Chapelle de Versailles; Louis XIV y est figuré entendant la messe à genoux.

Bel exemplaire, grand de marges avec la figure du second livre, représentant Mme de Maintenon, avec ces mots au-dessus d'elle : *Audi filia.* Cette figure a été supprimée dans les éditions suivantes. Notre exemplaire contient en outre deux figures ajoutées : d'abord, un frontispice allégorique de Watelet, gravé par Edelinck, représentant Louis XIV, sur un char traîné par deux lions, et ensuite la vignette de l'épître dédicatoire dont nous avons parlé plus haut, tirée à part.

Hauteur : 161 mill.

4. Imitation de Jésus-Christ, traduction de Michel de Marillac. *Paris*, *Quantin*, 1878, in-8, texte encadré de filets rouges, fig. gravées à l'eau-forte, par Léopold Flameng, br.

Exemplaire sur papier de Chine, avec une double suite des figures, avec et avant la lettre.

5. Explication des maximes des saints sur la vie intérieure, par messire Francois de Salignac-Fénelon. *Paris*, *Pierre Aubouin*, 1697, in-12, mar. grenat jans. dent. int. tr. dor. (*Ve Brany.*)

Édition originale. Cet ouvrage fut condamné et causa la disgrâce de l'auteur.

Bel exemplaire avec le feuillet d'errata qui manque souvent.

Hauteur : 155 mill.

6. Réflexions sur la miséricorde de Dieu, par une dame pénitente (L. Fr. de La Baume-Leblanc,

duchesse de la Vallière), seconde édition. *Paris*, *Dezallier*, 1680, in-12, vélin à recouvr.

Bel exemplaire.

7. PENSÉES DE M. PASCAL sur la religion et sur quelques autres sujets, qui ont été trouvées après sa mort parmy ses papiers. *Paris*, *Guill. Desprez*, 1670, in-12, mar. r. dos orné, fil. dent. int. tr. dor. (*Lortic.*)

ÉDITION ORIGINALE. Elle se compose de 365 pp., de 41 ff. prél. et de 10 ff. de table. Le privilège porte : *Achevé d'imprimer pour la première fois, le 2 janvier 1670* ; il y a un errata au verso.
Hauteur : 152 mill.

8. Démonstration de l'existence de Dieu, tirée de la connaissance de la nature, et proportionnée à la foible intelligence des plus simples (par Fénelon). *Paris*, *Jacques Estienne*, 1713, in-12, mar. bl. dos orné, fil. dent. int. tr. dor. (*Chambolle-Duru.*)

ÉDITION ORIGINALE.
Hauteur : 162 mill. et demi.

---

9. L'Alcoran de Mahomet; translaté d'arabe en françois, par le sieur Duryer, sieur de la Garde Malezair. *Jouxte la copie. Imprimée à Paris, chez Ant. de Sommaville* (*Amsterdam, Jansson*), 1649, in-12, vélin à recouvr.

Jolie édition avec titre rouge et noir.
Hauteur : 132 mill.

JURISPRUDENCE

ORDONNANCES de Louis XIV pour les armées navales et arsenaux de marine. *Paris*, *Michallet*, 1689, in-12, mar. r. fil. tr. dor. (*Rel. anc.*)

Édition originale des Ordonnances de Colbert pour la marine

Exemplaire aux Armes de France.

SCIENCES ET ARTS

MORALISTES anciens..... traduit du grec. *Paris, Lefèvre*, 1840, in-12, v. noir comp. à fr. fil. tr. dor.

12. Maximes et Pensées diverses, par madame la marquise de Sablé. *Paris, Séb. Mabre-Cramoisy*, 1678, in-12, de 9 ff. 90 pp. et 6 ff. de table, v. br. ant.

ÉDITION ORIGINALE.

Les Maximes, au nombre de 80, ont été publiées, après la mort de Mme de Sablé, par l'abbé d'Ailly, qui les a fait précéder d'un éloge de leur auteur; les *Pensées diverses*, au nombre de 91, sont de l'abbé d'Ailly.

13. Les Caractères de Théophraste, traduits du grec avec les Caractères ou les mœurs de ce siècle, par La Bruyère; cinquième édition. *Paris, Michallet*, 1690, in-12, mar. r. dos orné, fil. fleur de lys aux angles des plats, tr. dor. (*Rel. anc.*)

Hauteur : 163 mill.

14. Les Caractères de Théophraste, avec les Caractères ou les mœurs de ce siècle, par M. de la

Bruyère. Nouvelle édition augmentée de quelques notes sur ces deux ouvrages, et de la défense de La Bruyère et de ses Caractères, par M. Coste. *Amsterdam, Changuion,* 1743, 2 vol. in-12, front. et portr. mar. r. dos orné, large dent. tr. dor. (*Bradel.*)

Bel exemplaire.

15. Les Caractères de Théophraste traduits du grec avec les Caractères ou les mœurs de ce siècle, par La Bruyère, nouvelle édition collationnée sur les éditions données par l'auteur avec toutes les variantes, une lettre inédite de La Bruyère et des notes littéraires et historiques, par Adrien Destailleur. *Paris, P. Jannet,* 1854, 2 vol. in-12, cart. percal. r. non rog.

16. Esquisses morales. Pensées, réflexions et maximes, par Daniel Stern (Mme la comtesse d'Agoult). *Paris, Techener,* 1859, in-12, portr. mar. br. dos orné, fil. dent. int. tr. dor. (*Belz-Niedrée.*)

17. Éducation des filles, par Monsieur l'abbé de Fénelon. *Paris, Pierre Aubouin,* 1687, in-12, mar. br. jans. dent. int. tr. dor. (*Cuzin.*)

Très bel exemplaire de l'ÉDITION ORIGINALE.
Hauteur : 154 mill.

18. Politique tirée des propres paroles de l'Écriture sainte, ouvrage posthume de messire Jacques-Bénigne Bossuet. *Bruxelles, Léonard,* 1721, 2 vol. pet. in-8, 2 front. d'Harrewyn, mar. bl. fil. tr. dor. (*Derome.*)

Bel exemplaire.

19. Le Favory de Court, contenant plusieurs advertissemẽs et bonnes doctrines, pour les favoris des

Princes et autres Signeurs (*sic*) et Gentilshõmes, qui hantent la court : nouvellement traduict d'espaignol (d'Ant. de Guevara) en françoys, par maistre Iaques de Rochemore... *Lyon, Guill. Roville*, 1556, pet. in-8, mar. la Vall. jans. dent. int. tr. dor. (*Hardy*.)

Le privilège qui se trouve au verso du titre contient une particularité curieuse; l'avant-dernière ligne a disparu sous une bandelette de papier imprimée sur laquelle on lit : « Donné à *Villiers-Coterezt le quatorzième de Nouembre*, mil cinq cens cinquante cinq. »

20. Voyage autour de mon jardin, par Alphonse Karr, illustré par MM. Freemann, L. Marvy, Meissonier, Gavarni, etc. *Paris, Curmer*, 1851, gr. in-8, fig. dans le texte et hors texte coloriées, cart. toile, fers spéciaux, tr. dor.

21. Discours sur les hermaphrodits (*sic*), où il est démontré contre l'opinion commune qu'il n'y a point de vrays hermaphrodits (par Riolan). *Paris, P. Ramier*, 1614, pet. in-8, mar. r. fil. tr. dor. (*Rel. anc.*)

Bel exemplaire d'un volume rare et curieux.

---

22. Callot (Jac.). Capitano de Baroni. *S. l. n. d.* titre et 24 planches remontées en 1 vol. gr. in-8, v. f. fil. tr. dor.

Premier état, avant les numéros.

23. Honoré Fragonard. Figures des Contes de La Fontaine, gravées par Martial et destinées à orner

l'édition Didot, 1795, en 2 vol. in-4. *Paris, Rouquette, s. d.*, in-fol. 61 pl. dans un carton.

Épreuves de 2e état sur papier de Hollande avant toute lettre (noir).

24. Les Salles d'armes de Paris, par A. de Saint-Albin. *Paris, Glady*, 1875, in-8, front. portraits gravés à l'eau-forte, demi-rel. mar. grenat avec coins, dos orné, fil. tête dor. ébarbé. (*Petit.*)

BELLES-LETTRES

I. POÉSIE

A. *Poésies de divers genres.*

LES XV livres de la Métamorphose d'Ovide, poëte très élégant, contenant l'Olympe des histoires poëtiques, traduictz de latin en français. *Paris, Guill. Thiboust*, 1556, pet. in-16, figures en bois à mi-pages v. ant. marb. fil. tr. dor.

26. Le Livre des Cent Ballades, contenant des conseils à un chevalier pour aimer loialement, et les responses aux ballades, publié avec une introduction, des notes historiques et un glossaire par le marquis de Queux de Saint-Hilaire. *Paris, Maillet* (*imprimerie Louis Perrin*), 1868, in-8, br.

27. Œuvres choisies de Clément Marot. *Paris*,

P. Didot l'aîné, *an* X-1801, in-12, portr. de Marot, gravé sur acier par Hopwood, mar. citron, dos orné, dent. int. tr. dor.

28. Œuvres poétiques de Mellin de Saint-Gelais. *Lyon*, *Ant. de Harsy*, 1574, pet. in-8 de 8 ff. lim. et 253 pp. mar. r. dos orné, fil. dent. int. tr. dor. (*Hardy*.)

Bonne édition sous cette date, imprimée par J. et P. Frellon, en caractères italiques.

29. Delie, objet de plus haute vertu, poésies amoureuses par Maurice Sève, Lyonnais. *Lyon*, *Scheuring*, 1862, in-8, portr. vél. à recouvr. tête dor. ébarbé.

Réimpression tirée à petit nombre.

30. Les Œuvres poétiques de Remy Belleau, rédigées en deux tomes; revues et corrigées en cette dernière édition. *Lyon*, *Soubron*, 1592, 2 parties en 1 vol. in-12, mar. r. dos orné, comp. dent. int. tr. dor. (*Lortic*.)

Le tome II a pour titre : *les Odes d'Anacréon traduites en français, avec quelques petites hymnes et autres diverses poésies : ensemble une comédie* (*la Reconnue*).
Bel exemplaire.

31. Les Œuvres poétiques de Jaques de Courtin de Cissé, gentilhomme percheron (les Amours de Rosine, odes). *Paris*, *Gilles Beys*, 1581. — Les Hymnes de Synese Cyrenean, evesque de Ptolemaïde, traduits de grec en françois par Jacques de Courtin de Cissé, gentilhomme percheron. *Paris*, *Gilles Beys*, 1581, 2 parties en 1 vol. pet. in-12, mar. la Vall. dos orné, riches comp. de feuillage, dent. int. tr. dor. (*Capé*.)

Bel exemplaire des Œuvres de ce poète, un des plus gracieux du XVIe siècle et un des plus rares, n'ayant eu qu'une édition.

32. La Puce de madame Des Roches, qui est un recueil de divers poëmes grecs, latins et françois, composez par plusieurs doctes personnages, aux grands jours tenus à Poitiers l'an 1579 (publié par J. de Sourdrai, Poitevin). *A Paris, pour Abel l'Angelier*, 1583, in-4, mar. bleu, fil. dent. int. tr. dor. (*Lortic.*)

Très bel exemplaire.

Les principaux auteurs de ce recueil sont mesdames Des Roches, Pasquier, Brisson, J. Scevole de Sainte-Marthe, Scaliger, J. Courtin de Cissé, Cl. Binet, etc. Ces graves personnages avaient, dit-on, composé les vers de ce recueil au sujet d'une puce trouvée sur le sein de madame Des Roches.

33. Œuvres de Philippe Des Portes, abbé de Thiron, revues et corrigées. *Rouen, Raphael du Petit Val*, 1611, in-12, titre grav. mar. bl. fil. à fr. dent. int. tr. dor. (*Duru.*)

Édition imprimée en caractères italiques et plus complète que les précédentes, elle a été donnée par Thibault Desportes, sieur de Beuillers.

Bel exemplaire.

34. Les Satyres du sieur Regnier. Dernière édition, reveuë, corrigée, et de beaucoup augmentée, tant par le sieur de Sigogne que de Berthelot. *Paris, Nic. et J. de la Coste*, 1645, in-8, mar. r. dos orné, fil. dent. int. tr. dor. (*Chambolle-Duru.*)

Édition plus correcte que celles qui l'ont précédée.

35. Les Satyres et autres œuvres du sieur Regnier. Augmenté de diverses pièces cy-devant non imprimées. *Leiden, J. et D. Elsevier*, 1652, pet. in-12, mar. vert, dos orné, comp. doublé de mar. r. avec large dent. tr. dor. (*Allô.*)

Très jolie édition; les Satires 18 et 19 s'y trouvent imprimées pour la première fois.

36. Poésies de madame la comtesse de la Suze. *Paris, Ch. de Sercy*, 1666, in-12, mar. bl. dos orné, fil. doublé de mar. r. dent. tr. dor. (*Cuzin.*)

Édition originale. Outre les poésies de madame de la Suze, le volume contient les *Maximes d'amours* (en vers), et l'*Almanach d'amour* pour l'an de grâce 1665, par Bussy-Rabutin.

Ce joli volume, dit Viollet-le-Duc, est rare et justement recherché (voir *Bibl. poétique*, page 554.)

Bel exemplaire. Hauteur : 146 mill.

37. Diverses petites poésies du chevalier d'Aceilly (Jacq. de Cailly). *Paris, Cramoisy*, 1667, *et se donnent au Palais*, in-12, mar. r. dos orné, comp. dent. int. tr. dor. (*Hardy-Mennil.*)

Édition originale de ces jolies poésies, rare, surtout avec ce titre qui fut remplacé dans la plupart des exemplaires par un autre où les mots *se donnent au Palais*, qui avaient été pris au sérieux par quelques personnes, furent supprimés.

Bel exemplaire. Hauteur : 138 mill.

38. Œuvres diverses du sieur Boileau-Despréaux : avec le traité du Sublime ou du merveilleux dans le discours, traduit du grec de Longin. *Paris, chez Denys Thierry*, 1701, 2 vol. in-12, frontispices gravés par Landry et figures gravées par Thomassin, mar. bl. dos orné, fil. dent. int. tr. dor. (*Chambolle-Duru.*)

Édition favorite de Boileau et la dernière publiée de son vivant.

Bel exemplaire.

39. Œuvres de Gresset. *A Paris, chez Ant.-Aug. Renouard*, 1811, 2 vol. in-8, portr. et figures, mar. bleu, dos orné, fil. dent. int. tr. dor. (*R. Petit.*)

Bel exemplaire avec les jolies figures de Moreau avant la lettre, auxquelles on a ajouté : 7 figures in-12, tirées in-8 (figures de Moreau, pour l'édition Saugrain), — 5 figures de Monnet, — 2 figures de Moreau (Des grâces et du Jugement de Paris), — 4 figures non signées, et 34 portraits dont 3 de Gresset et le beau portrait de Mme Deshoulières par Saint-Aubin, avec la lettre blanche (page 90, tome Ier). Le *Parrain magnifique* se trouve à la fin du t. II.

40. Œuvres poétiques de Lamartine. *Paris, Furne-Jouvet et Hachette*, 1875-1879, 6 vol. in-12, papier vélin, texte encadré de filets rouges, portrait gravé par Flameng, fleurons et culs-de-lampe, br.

Méditations poétiques. — Jocelyn. — Harmonies poétiques et religieuses (avec les cartons). — La Chute d'un ange. — La Mort de Socrate.

B. *Poèmes. — Fables et Contes. — Poésies badines, gaillardes et burlesques.*

41. La Pucelle d'Orléans, poème divisé en vingt chants (par Voltaire). Nouvelle édition augmentée de cinq chants nouveaux et de notes; collationnée sur le manuscrit de l'auteur. *Londres, au dépens de la Compagnie*, 1764, in-8, fig. v. f. dos orné, fil. dent. int. tr. dor.

42. La Pucelle d'Orléans, poème en vingt-un chants (par Voltaire), avec des notes auquel on a joint des pièces qui y ont rapport. *Londres (Paris, Cazin)*, 1780, 2 tomes en 1 vol. petit in-12, figures de Duplessis-Bertaux, mar. citron, dos orné, fil. dent. int. tr. dor.

Joli exemplaire. La planche XVIe est signée.
Hauteur : 121 mill.

43. Les Saisons, poème (par de Saint-Lambert). *Amsterdam*, 1769, in-8, 5 figures par Gravelot et Leprince, un fleuron sur le titre et 4 vignettes par

Choffard, mar. r. dos orné, fil. dent. int. tr. dor. (*Marius-Michel.*)

On a ajouté à cet exemplaire les 4 figures d'Eisen des *Saisons de Thompson* et les 4 culs-de-lampe tirés à part de l'édition in-8 de 1759; ces pièces sont remontées.

44. Les Baisers, précédés du Mois de mai, poème (par Dorat). *La Haye,* 1770, in-8, portr. frontispice, vignettes et culs-de-lampe par Eisen, v. ant. rac.

Exemplaire en grand papier, avec titre rouge et noir de ce chef-d'œuvre du xviiie siècle, auquel on a ajouté un portrait en médaillon de Dorat, gravé par Dupin.

45. Le Tableau de la volupté, ou les Quatre Parties du jour, poèmes en vers libres par M. D. B. (P. U. Du Buisson). *Cythère, au Temple du Plaisir (Paris),* 1771, in-8, front. et fig. mar. bl. dos orné, fil. dent. int. tr. dor. (*Cuzin.*)

Frontispice, quatre jolies figures et quatre culs-de-lampe dessinés par Eisen et gravés par de Longueil.
Bel exemplaire relié sur brochure.

46. Les Quatre Heures de la toilette des dames, poème en quatre chants, dédié à la princesse de Lamballe par M. de Favre. *Paris, Bastien,* 1779, gr. in-8, frontispice, une vignette, 4 figures et 4 culs-de-lampe par Leclerc, mar. r. dos orné, fil. dent. int. tr. dor. (*Cuzin.*)

Bel exemplaire sur papier de Hollande.

47. Tangu et Félime, poème en quatre chants, par M. de la Harpe. *Paris, Pissot,* 1780, in-8, fig. de Marillier, mar. bl. fil. dent. int. tr. dor.

Bel exemplaire relié sur brochure.

48. Vert-Vert, ossia il Pappagallo di M. Gresset, tradotto in versi italiani da Lodovico Antonio Vincenzi. *Parma, co' tipi Bodoniani*, 1803, in-8, portrait de l'auteur et fig. mar. vert, dos orné, large dent. et dent int. tr. dor.

Édition avec le texte français et la traduction italienne en regard.

Bel exemplaire auquel on a ajouté une suite de figures de Moreau, épreuves AVANT LA LETTRE.

---

49. RECUEIL DES MEILLEURS CONTES EN VERS. Contes et nouvelles en vers, par MM. de la Fontaine, Voltaire, Vergier, Sénecé, Perrault, Moncrif, P. Ducerceau, Grécourt, Autereau, Saint-Lambert, Champfort, Piron, Dorat, La Monnoye et François de Neufchateau. *Londres* (*Paris, Cazin*), 1778, 4 vol. in-18, portr. et vignettes, mar. f. dos orné, fil. doublé de mar. r. riches comp. tr. dor. (*Marius Michel.*)

Très joli exemplaire du PREMIER TIRAGE, avec quelques transpositions de figures; tome 2e, *la Courtisane et Nicaise*, pages 104, 118; tome 3e, *Teone*, page 46, et tome 4e, *les Petits Bateaux*, page 78, *Rosine*, page 89, et *la Consultation*, page 213. Ces transpositions de figures aux tomes III et IV n'ont jamais été signalées.

Charmante reliure.

50. Contes et nouvelles en vers, par Voltaire, Vergier, Sénecé, Perrault, Moncrif, P. Ducerceau, Grécourt, Saint-Lambert, Champfort, Piron, Dorat, La Monnoye et François de Neufchateau. *Paris, Leclère*, 1862, 2 tomes en un vol. in-8, portr. et vignettes, mar. viol. dos orné, comp. dent. int. tr. dor.

Réimpression de l'ouvrage précédent.

51. CONTES ET NOUVELLES en vers, par M. de la Fontaine. *A Amsterdam (Paris, Barbou)*, 1762, 2 vol. in-8, portr. et fig. mar. r. fil. dos orné, tr. dor. (*Derome.*)

Édition publiée aux frais des *Fermiers généraux*. Elle est illustrée de figures d'après Eisen, de vignettes et de culs-de-lampe, par Choffard.

Très bel exemplaire recouvert d'une reliure très fraîche et signée de *Derome le jeune*. Dans la figure de l'*Imitation d'Anacréon*, le personnage est avant la flèche qui lui est lancée, ce qui indique un premier état de la gravure.

52. Contes et Nouvelles en vers, par M. de la Fontaine. *Paris, Barraud,* 1874, 2 vol. in-8, portr. fig. et culs-de-lampe, demi-rel. mar. bleu avec coins, tr. dor.

Cet exemplaire contient, en outre des figures de l'édition :

1. La suite des figures d'Eisen, sur chine. Édition Bourdin, 22 pièces.

2. Celle de Duplessis-Bertaux, publiée par Leclère, 95 pièces.

3. 5 pièces diverses d'Eisen : *le Cas de conscience* (couverte); *la Servante justifiée* (découverte), *la Clochette, la Courtisane amoureuse* et *Alix malade.*

4. Les figures de Moreau, édition Lefèvre, 1814, 9 pièces coupées au cadre et remontées.

5. Les figures de Desenne et Colin, 5 pièces.

6. Les figures de l'édition Furne, 5 pièces.

7. Les culs-de-lampe de Choffard, tirage moderne sur chine, retourné, 59 pièces.

53. Contes et Nouvelles en vers, par J. de la Fontaine; édition collationnée sur les textes originaux. *Paris, Delarue, s. d.*, 2 tomes en 1 vol. in-8, fig. d'après Eisen, cuir de R. dent. int. tr. dor. (*Petit.*)

Exemplaire sur PAPIER DE CHINE.

54. Fables nouvelles et autres poésies de M. de la Fontaine. *Paris, Denys Thierry*, 1671, in-12, vignettes gravées, mar. r. dos orné, fil. dent. int. tr. dor. (*Cuzin.*)

Cette édition contient : huit nouvelles fables avec des vignettes de Chauveau, le *Songe de Vaux* déjà imprimé sous la date de Cologne 1667, la seconde édition d'*Adonis* et autres poésies.

Hauteur : 156 mill.

55. Fables choisies mises en vers, par M. de la Fontaine, et par lui revues, corrigées et augmentées de nouveau. *Suivant la copie imprimée à Paris. La Haye, H. Bulderen*, 1688-1694, 5 parties en 2 vol. pet. in-8, front. et vignettes, v. ant. gran.

Jolie édition, une des premières complètes. Les figures sont de Henri Causse, elles sont copiées (ainsi que le texte) sur l'édition de 1678-1693, imprimée sous les yeux de l'auteur.

56. Contes pour ceux qui peuvent encore rire. *Plaisance*, 1789, in-18, portr. demi-rel. mar. viol. avec coins, dos orné, fil. tête dor. ébarbé.

Exemplaire complet et très rare. En tête se trouve un portrait de l'auteur, vu par derrière, et coiffé d'une de ces perruques alors à la mode.

Il explique sa précaution de ne pas montrer ses traits en disant :

« D'une façon commode
« Il faut suivre la mode
« D'être connu par fois
« L'auteur se mord les doigts. »

Ce livre contient des fables, des bouts-rimés, des épigrammes et des contes.

57. Contes rémois, par M. le comte de C.... (comte de Chevigné), dessins de Meissonier. *Paris, Mich. Lévy*, 1858, in-8, portr. et figures, mar. r. dos orné, fil. dent. int. tr. dor. (*Cuzin.*)

Première édition avec les vignettes de Meissonier.
Très bel exemplaire en grand papier vélin.

58. Dubbii Amorosi, altri dubbii, e sonetti lusuriosi di Pietro Aretino. *Nella Stamperia, del Forno alla*

Corona de Cazzi, s. d., in-16 carré, v. écail. fil. tr. dor.

Édition faite à Paris, chez Grangé vers 1757, aux dépens de Corbie, intendant du duc de Choiseul.

---

59. Les Muses gaillardes, recueillies des plus beaux esprits de ce temps, par A. D. B., Parisien (Antoine Du Breuil); seconde édition revue et corrigée. *A Paris, de l'imprimerie d'Anthoine Du Breuil,* 1609, in-12, mar. à longs grains, fil. dent. à froid. (*Ducastin.*)

Recueil rare. Un raccommodage au ff. 14.

60. Recueil des plaisants devis recités par les supposts du seigneur de la Coquille. *Lyon, Perrin,* 1857, in-8, demi-rel. mar. r. avec coins, fil. tête dor. ébarbé.

61. Le Cabinet satyrique, ou Recueil parfait des vers piquans et gaillards de ce temps; tiré des secrets cabinets des sieurs de Sigognes, Regnier, Motin, Berthelot, Maynard et autres des plus signalés poètes de ce siècle. *S. l.*, 1666, 2 vol. pet. in-12, mar. r. dos orné, fil. dent. int. tr. dor. (*Duru.*)

Très jolie édition recherchée, imprimée par les *Hackius* de *Leyde*.
Hauteur : 125 mill.

62. Cabinet satyrique, ou Recueil parfaict des vers piquants et gaillards de ce temps, tiré des secrets cabinets des sieurs de Sygognes, Regnier, Motin, Berthelot, Maynard et autres des plus signalez poëtes de ce siècle. *S. l.*, 1864, 2 vol. in-12,

front. demi-rel. mar. r. avec coins, fil. tête dor. ébarbé.

Édition complète revue sur les éditions de 1618 et de 1620, et sur celle dite du *Mont-Parnasse*, sans date.

63. Description de la ville d'Amsterdam en vers burlesques, selon la visite de six jours d'une semaine, par Pierre Le Jolle. *Amsterdam, Jacques le Curieux*, 1666, in-12, front. mar. r. dos orné, fil. tr. dor. (*Rel. anc.*)

Joli elzevier, recherché. M. Willems (*les Elzevier*, n° 1756) nous apprend que P. Le Jolle n'est pas un nom d'emprunt, comme l'avait cru Millot. L'auteur de ce livre, né à Dieppe, s'était réfugié en Hollande pour cause de religion.

64. Le Parnasse satyrique du sieur Théophile. *S. l.* (*à la Sphère*), 1668, pet. in-12, 321 pages, mar. citr. fil. or et comp. à froid, tr. dor. (*Thouvenin.*)

Jolie édition en lettres rondes, imprimée ligne pour ligne et page pour page sur celle de 1660.

Les feuillets sont inégaux, quelques-uns sont courts en tête. Hauteur : 125 mill.

65. Tentation de saint Antoine, ornée de figures et de musique (par Sedaine). — Pot-pourri de Loth, orné de figures et de musique (par Lalmand). *Londres*, 1781, 2 ouvrages en 1 vol. in-8, frontispice, figures et musique gravée, mar. r. dos orné, fil. dent. int. tr. dor. (*Chambolle-Duru.*)

Première édition de ces deux facéties ornées de figures de Borel, gravées par Éluin.

Exemplaire avec les figures découvertes.

66. Les Bijoux des neuf sœurs, ou mélanges de pièces fugitives. *Paris, Didot jeune*, 1796, in-18, figures, demi-rel. v. br. non rog.

Charmant recueil bien imprimé, rare et différent de celui en 2 vol. publié en 1790, par Defer de Maisonneuve.

On a ajouté à cet exemplaire 7 figures (3 sont remontées).

C. *Chansons.*

67. Choix de Chansons mises en musique par M. de la Borde, ornées d'estampes par J.-M. Moreau, dédiées à madame la Dauphine. *Paris, Lormel*, 1773, gr. in-8, figures et musique gravée, v. éc. ant. fil. tr. dor.

Tome Ier, seul contenant les figures de Moreau; ce volume est bien supérieur aux trois autres sous le rapport de l'illustration.

68. Les A-propos de société, ou chansons de P. L... (Pierre Laujon). *Paris*, 1776, 2 vol. in-8, figures de Moreau. — Les A-propos de la folie, ou chansons grotesques, grivoises et annonces de parade. *Paris*, 1776, 1 vol. in-8. — Ensemble 3 vol. in-8, front. titre, figures et musique gravée, demi-rel. bas. r. ébarbé.

Les illustrations de ces deux ouvrages, dit Cohen, sont d'une beauté et d'une grâce ravissantes.

II. THÉATRE

69. Choix de Farces, Soties et Moralités de XVe et XVIe siècles, recueillies sur les manuscrits originaux et publiées par Émile Mabille. *Nice, Gay*, 1873, 2 vol. in-12, demi-rel. mar. bl. avec coins, dos orné, fil. tr. dor. ébarbé. (*Allô.*)

Tiré à un très petit nombre d'exemplaires et épuisé.

70. Les Œuvres de M. de Molière revues, corrigées et augmentées, enrichies de figures en taille-douce. *A Paris, chez Denys Thierry, Claude Barbin et Pierre Trabouillet*, 1682, 8 vol. in-12, figures, mar. r. jans. doublé de mar. r. dent. tr. dor. (*Cuzin.*)

Première édition complète donnée après la mort de Molière.
Bel exemplaire.
Hauteur : 159 mill.

71. Œuvres de Molière avec des remarques grammaticales, des avertissemens et des observations sur chaque pièce, par M. Bret. *Paris, Cie des libraires associés*, 1773, 6 vol. in-8, portrait, figures et fleurons, par Moreau le jeune, v. ant. marb. fil.

Bon exemplaire avec les remarques au tome Ier signalées par Cohen.
A la fin du tome VI se trouve : *la Centenaire de Molière, comédie, par Artaud*, 1773, de VIII-70 pp., avec musique.

72. Œuvres de Racine. *Paris, chez Claude Barbin*, 1697, 2 vol. in-12, frontispices et figures gravées, mar. r. jans. doublé de mar. r. dent. int. tr. dor. (*Chambolle-Duru.*)

Dernière édition donnée par Racine. Très bel exemplaire.
Hauteur : 160 mill.

73. La Folle Journée, ou le Mariage de Figaro, comédie en cinq actes, en prose, par M. de Beaumarchais. *Paris, Ruault*, 1785, gr. in-8, portrait et figures, mar. vert, large dent. int. (*Capé.*)

Très bel exemplaire en papier vélin, avec la suite des figures de Saint-Quentin, gravées par Halbou, Lingée et Liénard, et celle gravée par Malapeau. La cinquième figure, gravée par Roy, est avec les *seins découverts.*
Cet exemplaire contient en outre un beau portrait de Beaumarchais, par Cochin, gravé par Le Roy en 1802. Le feuillet d'errata, qui manque souvent, se trouve à la fin du volume.

74. Théâtre des Pupazzi, par Lemercier de Neuville. *Lyon, Scheuring*, 1876, in-8, portr. et vignettes gravées, mar. rouge, dos orné, fil. dent. int. tr. dor. (*Petit.*)

Exemplaire sur PAPIER DE CHINE.

75. La Dame aux Camélias, par A. Dumas fils, préface par M. J. Janin. *Paris, M. Lévy*, 1872, in-8, papier de Hollande, portr. vél. à recouvr. tête dor. ébarbé.

---

76. Il Pastor fido, tragi-comedia pastorale del cavalier Gio.-Batt. Guarini (texte et traduction). *Parigi, Luc-Nyon*, 1759, 2 vol. in-12, mar. vert, jans. dent. int. tr. dor. (*Mouillé.*)

Joli exemplaire; la reliure est signée.

III. ROMANS ET CONTES

77. Apulée. L'Ane d'or, ou la Métamorphose; traduction de Savalète, préface de J. Andrieux. *Paris, Didot*, 1872, in-8, vignettes dans le texte, br.

Tome Ier seul publié.
Exemplaire du premier tirage.

78. Histoire æthiopique d'Héliodore, contenant dix livres, traitant des loyales et pudiques amours de Théagène thessalien et Chariclea æthiopienne, nouvellement traduite de grec en français (par Jacq. Amyot). *Paris, Sertenas*, 1553, in-8, mar. la Vall. jans. dent. int. tr. dor. (*Chambolle-Duru.*)

79. Histoire de Pierre de Provence et de la belle Maguelonne. *Anvers*, *Waesberghe*, 1560, pet. in-4, mar. r. couronne de fleurs sur les plats, titre et 20 ff. non chiffr. texte à 2 col. dent. int. tr. dor. (*Trautz-Bauzonnet.*)

Ce roman, très souvent réimprimé, fut composé dans le XIIe siècle par un chanoine de Maguelone (alors ville épiscopale près de Montpellier), nommé Bernard de Treviès.

80. Œuvres de M. François Rabelais, docteur en médecine, dont le contenu se voit à la page suivante, augmentées de la vie de l'auteur et de quelques remarques sur sa vie et sur l'histoire. Avec l'explication de tous les mots difficiles. *S. l.* (*Amsterdam*, *Elzevier*), 1663, 2 vol. pet. in-12, vél.

Première édition imprimée par les Elzévier.
Exemplaire en papier fort provenant de la Bibliothèque de Mgr le duc d'Aumale.
Hauteur : 130 mill.

81. Le Roman bourgeois, ouvrage comique par Antoine Furetière, nouvelle édition avec des notes historiques et littéraires par M. Édouard Fournier, précédée d'une notice par Charles Asselineau. *Paris*, *Jannet*, 1854, in-12, mar. r. fil. à froid, dent. int. tr. dor. (*Capé.*)

82. Le Lion d'Angélie, suivi du Temple de Marsias, par Pierre-Corneille Blessebois, avec une notice sur l'auteur et sur ses ouvrages (par M. Gust. Brunet). *Paris*, *Gay*, 1862, in-12, mar. br. dos orné, fil. dent. int. tr. dor. (*Petit.*)

Exemplaire sur peau de vélin.

83. Les Amours de Psyché et de Cupidon, avec le poème d'Adonis, par La Fontaine; édition ornée de

figures dessinées par Moreau le jeune et gravées sous sa direction. *Paris, Saugrain*, 1797, 2 vol. in-12, papier vélin, portrait et fig. mar. r. fil. tr. dor. (*Rel. anc.*)

84. Mémoires de la vie du comte de Grammont, contenant particulièrement l'histoire amoureuse de la cour d'Angleterre sous le règne de Charles II (par Hamilton). *Cologne, Marteau*, 1713, in-12, mar. r. fil. orn. sur les plats, dent. int. tr. dor.

Édition originale. Bel exemplaire.

85. Histoire amoureuse des Gaules (par Bussy-Rabutin). *Liège, s. d.*, in-12 de 259 pp. mar. r. dos orné, fil. dent. int. tr. dor. (*Thibaron.*)

Jolie édition, rare et recherchée : dite à la croix de Malte. M. Willems (*les Elzevier*, n° 2012) la considère comme étant l'édition originale de ce roman célèbre.

86. Avantures de Télémaque, fils d'Ulysse, par feu messire François de Salignac de la Motte-Fénelon. *Paris, Jacques Estienne*, 1717, 2 part. en 1 vol. in-12, portr. fig. mar. r. dos orné, fil. dent. int. tr. dor. (*Lortic.*)

Bel exemplaire. Hauteur : 164 mill.
Édition en *petits caractères* signalée comme étant la première des deux éditions publiées sous la même date, au *Catalogue Rochebilière*, n° 588.

87. Les Aventures de Télémaque, fils d'Ulysse, par M. de Fénelon. Imprimé par ordre du Roi pour l'éducation de Monseigneur le Dauphin. *Paris, de l'imprimerie de Didot l'aîné*, 1784, 2 vol. pet. in-8, papier vélin, mar. vert, dos orné, fil. tr. dor. (*Rel. anc.*)

Bel exemplaire.

88. HISTOIRE DE GIL BLAS DE SANTILLANE, par M. Le Sage, dernière édition, revue et corrigée. *Paris, par les Libraires associés*, 1747, 4 vol. in-12, figures, v. ant. marbr. fil.

Bel exemplaire du PREMIER TIRAGE de la dernière édition publiée par l'auteur.
Hauteur : 166 mill.

89. LE BACHELIER DE SALAMANQUE, ou les Mémoires de D. Chérubin de la Ronda, tirés d'un manuscrit espagnol par M. Le Sage. *A Paris, chez Valleyrie et chez Gissey*, 1736-1738, 2 vol. in-12, figures, mar. r. dos orné, fil. dent. int. tr. dor. (*Cuzin.*)

ÉDITION ORIGINALE des deux volumes. Le tome Ier publié d'abord sans tomaison, avec l'indication : *Fin du troisième et dernier livre*, suivie de l'approbation et du privilège en date du 11 mars 1736, a été complété en 1738 par le *tome second* publié sous la rubrique de La Haye, mais imprimé à Paris également avec les mêmes caractères et les mêmes ornements.

90. Histoire de Guzman d'Alfarache, nouvellement trad. et purgée des moralités superflues, par M. Le Sage. *Maestricht, Dufour*, 1777, 2 vol. in-12, fig. cart. percal. grenat.

Bel exemplaire, non rogné.

91. Le Diable boiteux, par Le Sage. *Paris, Jouaust*, 1868, gr. in-8, mar. r. dos orné, fil. dent. int. tr. dor. (*Chambolle-Duru.*)

Exemplaire sur PAPIER DE CHINE.

92. Angola, histoire indienne, ouvrage sans vraisemblance (par de la Morlière). *Agra* (*Paris*), 1751, 2 parties en 1 vol. figures d'Eisen, mar. citr. jans. dent. int. tr. dor. (*Cuzin.*)

Bel exemplaire du PREMIER TIRAGE sous cette date.

93. HISTOIRE DU CHEVALIER DES GRIEUX, et de Manon Lescaut (par l'abbé Prévost). *Amsterdam (Paris)*, 1753, 2 vol. in-12, 8 figures de Gravelot et Pasquier, mar. r. dos orné, fil. doublé de mar. bleu, large dent. à petits fers, tr. dor. (*Capé.*)

Édition recherchée, et celle qui fixe le texte.
Bel exemplaire.

94. Les Amours de Mirtil. *Constantinople*, 1761, in-8, mar. r. fil. tr. dor. (*Reliure ancienne.*)

Ouvrage attribué à Fontenelle.
Bel exemplaire.

95. Les Amours de Mirtil. *Constantinople*, 1761, gr. in-8, joli titre gravé mar. bl. fil. dent. int. tr. dor. (*Thomas.*)

Le titre et les 6 figures de Gravelot, gravées par Legrand, sont imprimées dans cet exemplaire à L'ENCRE ROSE, rare.

96. Le Temple de Gnide, nouvelle édition, avec figures gravées par H. Le Mire, d'après les dessins de Ch. Eisen, le texte gravé par Droüet. *Paris, Le Mire*, 1772, gr. in-8, portrait, titre et figures gravées, v. éc. ant. fil. tr. dor.

Bel exemplaire avec le frontispice AVANT LA LETTRE, et les figures AVANT LES NUMÉROS ET LA PAGINATION.

97. Le Temple de Gnide, par Montesquieu. *Paris, de l'imprimerie de Didot jeune, an III*, in-18, mar. r. fil. comp. doublé de tabis bleu, dent. int. tr. dor. (*Bradel.*)

Joli exemplaire en PAPIER VÉLIN orné d'un portrait de l'auteur gravé en médaillon sur le titre et 10 figures de Regnault. Épreuves AVANT LA LETTRE.

98. La Mouche, ou les Espiégleries et Avantures ga-

lantes de Bigand, par M. le chevalier de Mouhy. *Venise*, 1777, 4 vol. in-8, fig. cart. toile, ébarbé.

99. Ollivier, poëme par Cazotte. *A Paris, de l'impr. de Didot l'aîné*, 1798, 2 vol. in-12, fig. cart. non rogné.

Exemplaire sur PAPIER VÉLIN avec les 12 jolies figures de Lefebvre AVANT LA LETTRE.

100. Numa Pompilius, second roi de Rome, par M. de Florian. *Paris, de l'imprimerie de Didot aîné*, 1786, 2 vol. in-18, pap. vélin, figures de Queverdo, mar. vert, fil. tr. dor. (*Rel. anc.*)

Les figures des livres 1, 2, 6, 8, 9 et 11 sont en double et peintes.

101. Nouvelles nouvelles, par M. de Florian. *Paris, de l'impr. Didot l'aîné*, 1792, in-18, pap. vélin, fig. de Queverdo, mar. vert, fil. tr. dor. (*Rel. anc.*)

102. Lettres d'une Péruvienne, par Mme de Graffigny, traduites du français en italien, par M. Deodati. Édition ornée du portrait de l'auteur et de six gravures exécutées d'après les dessins de M. Le Barbier l'aîné. *Paris, de l'imprimerie de Migneret*, 1797, gr. in-8, cuir de Russie quadrillé, dent. tr. dor. (*Simier.*)

Bel exemplaire en GRAND PAPIER VÉLIN, avec les figures AVANT LA LETTRE.

103. Le Compère Matthieu, ou les Bigarrures de l'esprit humain (par Dulaurens). (*Paris*) *Imprimerie de Patris*, 1796, 3 vol. in-8, fig. demi-rel. v. ant.

104. Voyage autour de ma chambre, suivi de l'Expédition nocturne, par Xavier de Maistre, préface par

Jules Claretie, six eaux-fortes par Hédouin. *Paris, Jouaust*, 1877, in-12, br.

Exemplaire sur PAPIER DE CHINE, portrait et figures AVANT LA LETTRE.

105. Les Liaisons dangereuses. Lettres recueillies dans une société, et publiées pour l'instruction de quelques autres, par C*** de L*** (Choderlos de Laclos). *Londres* (*Paris*), 1796, 2 vol. in-8, fig. de Monnet, cart. non rog.

Exemplaire du premier tirage.

106. Le Sérail, ou Histoire des intrigues secrettes et amoureuses des femmes du Grand Seigneur, par J. Grasset Saint-Sauveur. *Paris, Deroy*, 1796, 2 tom. en 1 vol. in-18. — Les Amours du fameux comte de Bonneval, pacha à deux queues, connu sous le nom d'Osman; rédigés d'après des mémoires particuliers, par J. Grasset Saint-Sauveur. *Paris, chez Deroy*, 1796. — Ens. 2 ouvrages reliés en 1 vol. in-18, fig. demi-rel. bas. tr. marbr.

Ces deux ouvrages sont curieux et rares; les figures, non signées, sont à l'aqua-tinta; on les attribue à Desrais.

107. L'Enfant du carnaval, histoire remarquable et surtout véritable, pour servir de supplément aux rapsodies du jour (par Pigault-Lebrun). *Rome, an V*-1796, 2 vol. in-8, papier vélin, v. ant. rac. fil. tr. dor.

Première édition, devenue rare.
Note manuscrite de M. A. Dinaux relative à cet ouvrage sur la garde du 1er volume.
Bel exemplaire.

108. PAUL ET VIRGINIE, par Jacques-Henri Bernardin de Saint-Pierre. *A Paris, de l'imprimerie de P. Didot l'aîné*, 1806, in-fol. papier vélin, portrait de

l'auteur par Laffitte et 6 figures par Gérard, Girodet, Isabey, Laffitte, Moreau et Prudhon, demi-rel. mar. vert avec coins, dos orné, fil. tète dor. ébarbé.

Exemplaire de format in-fol. avec les épreuves AVANT LA LETTRE, rare.

109. PAUL ET VIRGINIE, par J.-H. Bernardin de Saint-Pierre. *Paris. L. Curmer*, 25, *rue Sainte-Anne*, 1838, gr. in-8, 450 vignettes sur bois intercalées dans le texte et figures sur chine hors texte, br.

Le plus beau livre du XIXe siècle.

Superbe exemplaire de SOUSCRIPTION et de PREMIER TIRAGE, avec la COUVERTURE IMPRIMÉE qui est d'une grande fraîcheur.

Les grandes figures hors texte sont sur chine AVANT LA LETTRE, la lettre sur papier de soie. Les portraits se trouvent ici tels qu'ils ont été publiés, c'est-à-dire dans des livraisons à part ayant pour titre : la *Galerie des portraits pour Paul et Virginie*.

Cette Galerie se compose de 6 pièces dans notre exemplaire, toutes sur chine, AVANT LA LETTRE; ce sont: la Jeune Bramine, Marguerite abandonnée, Virginie, le Docteur, Paul, Madame de La Tour.

La 1re planche, la Bramine, est ici EN PREMIER ÉTAT, c'est-à-dire AVEC L'ÉTOILE.

Le portrait de Bernardin de Saint-Pierre dit : *à la Sphère*, marque à cette Galerie; on sait qu'il a été publié après coup.

110. Atala, ou les Amours de deux sauvages, suivi de René, par F.-A. de Chateaubriand, compositions d'Émile Lévy, gravées à l'eau-forte par Boutelié, dessins de Giacomelli. *Paris, Jouaust*, 1877, in-12, texte encadré de fil. rouges, fig. vignettes et culs-de-lampe, br.

Exemplaire sur PAPIER DE CHINE.

111. Notre-Dame de Paris, par Victor Hugo, nouvelle édition illustrée. *Paris, Hugues*, 1882, 2 tom. en 1 vol. gr. in-8, fig. br.

Exemplaire sur PAPIER DE CHINE, rare.

112. 1572. Chronique du temps de Charles IX, par l'auteur du Théâtre de Clara Gazul (Prosper Mérimée). *Paris, Alex. Mesnier*, 1829, in-8, mar. br. jans. dent. int. (*Petit.*)

PREMIÈRE ÉDITION. Très bel exemplaire auquel on a joint une lettre autographe signée de l'auteur.

113. Colomba, par Prosper Mérimée. *Paris, Magen et Comon*, 1841, in-8, demi-rel. mar. bl. avec coins, dos orné, fil. tête dor. ébarbé. (*R. Raparlier.*)

Bel exemplaire de la PREMIÈRE ÉDITION.

114. Les Paradis artificiels. Opium et Haschisch, par Ch. Baudelaire. *Paris, Poulet-Malassis*, 1860, in-12, demi-rel. mar. bl. tête dor. non rog. (*Lortic.*)

Exemplaire de Poulet-Malassis sur PAPIER DE CHINE avec une note de l'auteur, relative au choix d'un titre.

115. Claude Tillier. Mon oncle Benjamin, nouvelle édition illustrée d'un portrait-frontispice et de 42 dessins de Sahib, gravés sur bois par Prunaire, avec une préface par Monselet. *Paris, Conquet (impr. C. Motteroz)*, 1881, 2 vol. in-8, br.

Exemplaire en GRAND PAPIER VÉLIN TEINTÉ.

---

116. Les Cent Nouvelles nouvelles. Suivent les Cent Nouvelles contenant les cent histoires nouveaux, qui sont moult plaisans à raconter, en toutes bonnes compagnies, par manière de joyeuseté; avec d'excellentes figures en taille-douce gravées sur les dessins du fameux Romain de Hooge. *Cologne, P. Gaillard (Hollande)*, 1701, 2 vol. in-8, front. fig. mar. r. dos orné, fil. dent. int. tr. dor. (*Rel. anc.*)

Bonnes épreuves des figures tirées avec le texte, c'est-à-dire de premier tirage.

La reliure est excessivement fraîche.

117. Les Cent Nouvelles nouvelles contenant les cent histoires nouveaux, qui sont moult plaisans a raconter, en toutes bonnes compagnies, par manière de joyeuseté; avec d'excellentes figures en taille-douce, gravées sur les dessins du fameux Mar. Romain de Hooge. *Cologne, Pierre Gaillard*, 1701, 2 vol. in-8, front. et vign. mar. r. dos orné, fil. dent. int. tr. dor. (*Capé.*)

Très bel exemplaire, grand de marges.
Les figures sont tirées avec le texte.

118. Les Nouvelles Récréations et joyeux devis de Bonavanture Des Périers, varlet de chambre de la royne de Navarre. *Rouen, David du Petit-Val*, 1615, in-12, mar. vert, dos orné, compart. dent. tr. dor. (*Kœhler.*)

Exemplaire de Charles Nodier et en dernier lieu de Robert S. Turner.

119. Heptaméron français. Les Nouvelles de Marguerite, reine de Navarre. *Berne, chez la nouvelle Société typographique*, 1780-1781, 3 vol. in-8, front. figures par Freudenberg, mar. viol. dos orné, fil. doublé de tabis, tr. dor. (*Bozérian.*)

Exemplaire très grand de marges avec de belles épreuves des figures.
Hauteur : 202 mill.

120. L'Heptaméron des Nouvelles de très haute et très illustre princesse Marguerite d'Angoulême, reine de Navarre, publié sur les manuscrits, par les soins et avec les notes de MM. Leroux de Lincy et Anatole de Montaiglon. *Paris, Eudes*, 1880, 4 tomes en 8 vol. in-8, fig. br.

Un des 100 exemplaires sur papier Van Gelder Zonnen, d'Amsterdam, fabriqués exprès pour cette édition avec filigrane aux armes, emblèmes et devise de Marguerite de Navarre, et deux suites de gravures hors texte dont une en noir sur papier teinté, et la seconde en bistre sur papier Van Gelder.

121. L'Heure du Berger, roman de Cl. Le Petit, nouvelle édition avec un avant-propos par Philomneste Junior (Gust. Brunet de Bordeaux). *Paris, J. Gay*, 1862, in-12, mar. la Vall. jans. dent. int. tr. dor. (*R. Petit.*)

Réimpression de l'édition de 1662, tirée à très petit nombre. Exemplaire sur PEAU DE VÉLIN.

122. Histoires facétieuses et morales, assemblées et mises au jour, par J.-N. D. P. (J.-N. de Parival). — Histoires tragiques de nôtre temps arrivées en Hollande, par J.-N. D. P. (J.-N. de Parival). *Leyden, Sal. Vaguenaer*, 1663, 2 parties en 1 vol. pet. in-12, mar. bl. jans. dent. int. tr. dor. (*Allô.*)

Édition la plus jolie de ce livre, que l'on annexe à la Collection elzevirienne.

123. Le plus joli des Recueils, ou Amusemens des Dames suivi du Joujou des Demoiselles. *Londres*, 1778, in-8, v. ant. marb.

Cet ouvrage contient : 1. L'Art de jouir (par La Mettrie). 2. Parapilla. 3. Le Cul d'Iris, conte en vers. 4. Le Joujou des Demoiselles. 5. La Papesse Jeanne.

124. Le Fond du Sac, ou Restant des Babioles de M. X***, membre éveillé de l'Académie des Dormans (Félix Nogaret). *Venise* (*Paris, Cazin*), *Pantalon-Phébus*, 1780, 2 tomes en un vol. in-18, frontispice et 9 très jolies figures genre Duplessis-Bertaux, mar. citr. dos orné, fil. dent. int. tr. dor (*Cuzin.*)

Joli exemplaire.

125. Le Fond du Sac (par Félix Nogaret), ou Recueil de contes en vers et en prose et de pièces fugitives. *Paris, Leclère,* 1866, in-8, figures, mar. citr. fil. dent. int. tr. dor. (*Petit.*)

Bel exemplaire, avec la suite des vignettes de Duplessis-Bertaux TIRÉE A PART A LA SANGUINE.

126. Un Autre Monde, par Grandville. *Paris, Fournier,* 1844, pet. in-4, figures noirès et coloriées, cart. recouvert avec la couverture imprimée et illustrée, non rog.

Exemplaire du PREMIER TIRAGE.

---

127. Il DECAMERONE di M. Giovanni Boccacio. *Londra* (*Paris*), 1757, 5 vol. in-8, fig. mar. vert, large dent. tr. dor. (*Derome.*)

Cette édition est ornée de 116 figures et d'autant de vignettes sur cuivre d'après les dessins de Gravelot, Eisen, Boucher et Cochin.

Exemplaire de PREMIER TIRAGE, avec planches portant la griffe; il provient de la Bibliothèque de M. A. FIRMIN-DIDOT.

128. Le Décameron de Jean Boccace (traduit par Le Maçon). *Londres* (*Paris*), 1757, 5 vol. in-8, frontispice, portrait, figures et culs-de-lampe par Gravelot, Eisen et Boucher, v. f. ant. dos orné, fil. tr. dor.

Bel exemplaire, avec les planches portant la griffe.

129. Les Facecieuses Nuicts du seigneur Straparole (traduit de l'italien, par Louveau, avec une préface de La Monnoye et des notes de Lainez). *S. l.* (*Paris*), 1726, 2 vol. in-12, mar. r. dos orné, fil. tr. dor. (*Rel. anc.*)

130. Don Quichotte de la Manche, traduit de l'espagnol de Michel de Cervantes, par Florian; ouvrage posthume. *Paris, Deterville, an VII* (*1799*), *de l'imprimerie de P. Didot l'aîné*, 3 vol. in-8, pap. vélin, portr. et fig. de Lefèvre et Le Barbier, vélin blanc, dos orné, dent. tr. dor. (*Bozérian.*)

131. Aventures et espiègleries de Lazarille de Tormes, écrites par lui-même (traduit de l'espagnol de Hurtado de Mendoza). Nouvelle édition, ornée de quarante figures dessinées et gravées, par M. Ransonnette. *Paris, Didot jeune*, 1801, 2 vol. in-8, portr. fig. demi-rel. vélin, non rog.

Bel exemplaire en GRAND PAPIER DE HOLLANDE. Les figures sont en double épreuve avec et AVANT LA LETTRE.

132. Œuvres de Salomon Gessner. *Paris, Renouard, an VII*-1799, 4 vol. in-8, portr. et fig. demi-rel. mar. vert avec coins, dos orné mosaïqué, fil. tête dor. ébarbé.

Bel exemplaire sur PAPIER VÉLIN de cette jolie édition, contenant 3 portraits et 48 figures par Moreau, gravées par Baquoy, Dambrun, Delvaux, Dupréel, de Ghendt, Girardet, Lemire, Petit, Simonet et Trière.

Les figures sont en double épreuve avec et AVANT LA LETTRE.

133. Goethe. Faust. Première partie, préface et traduction de H. Blaze de Bury, onze eaux-fortes de Lalauze, gravures de Méaulle d'après Vogel et Scott. *Paris, Quantin*, 1880, in-4, portr. fig. br.

Exemplaire sur PAPIER DE CHINE, avec les eaux-fortes sur PAPIER DU JAPON AVANT TOUTE LETTRE et sur PAPIER WHATMAN AVANT LA LETTRE.

134. La Vie et les aventures surprenantes de Robinson Crusoé,.... le tout écrit par lui-même (par

Daniel de Foë), traduit de l'anglois (par Van Effen et Themiseul de Sainte-Hyacinthe). *Amsterdam, l'Honoré et Chatelain*, 1720-1721, 3 vol. in-12, front. fig. de B. Picart, cartes, mar. r. dos orné, fil. dent. int. tr. dor.

Édition originale de cette traduction, contenant les premières épreuves des figures.
Bel exemplaire.

135. Aventures du gourou Paramarka, conte drolatique indien, trad. par l'abbé Dubois. *Paris, Barrauld*, 1877, gr. in-8, eaux-fortes, mar. r. jans. dent. int. tr. dor. (*Petit.*)

Exemplaire sur papier de Chine avec les principales vignettes tirées a part a la sanguine.

IV. FACÉTIES, POLYGRAPHES

136. Les Facéties de Pogge, florentin, traduites en français, avec le texte en regard, première édition complète. *Paris, Liseux*, 1878, 2 vol. pet. in-12, br.

137. Joannis Meursii Elegantiæ Latini Sermonis, seu Aloisia Sigæa Toletana de arcanis amoris et veneris. Nova editio emendatior. *Londini* (*Paris, Cazin*), 1781, 2 parties en 1 vol. in-16, figures, mar. f. comp. à froid, fil. dent. int. tr. dor.

Le titre gravé porte la rubrique : *Lugd. Batavorum, ex Typis Elzevirianis, 1774.*
Joli exemplaire du Dr Desbarreaux-Bernard

138. Le Moyen de Parvenir (par Béroalde de Ver-

ville). Œuvre contenant la raison de tout ce qui a esté, est, et sera. Avec démonstrations certaines et nécessaires, selon la rencontre des effets de vertu.... *Imprimé cette année* (*Hollande*) *s. d.*, pet. in-12 de 439 pp. vélin, dos orné, fil. dent. int. (*Reliure moderne.*)

Rare et jolie édition recherchée imprimée en petits caractères et qui se place dans la Collection elzevirienne; c'est la première publiée sous cette date.

Hauteur : 116 mill.

139. Le Moyen de parvenir, nouvelle édition corrigée de diverses fautes qui n'y étaient point et augmentée de plusieurs autres (par Beroalde de Verville). *A Chinon, de l'imprimerie de François Rabelais, ruë du grand Bracquemart, à la Pierre Philosophale l'Année Pantagrueline* (*Hollande*), 2 tomes en 1 vol. in-12, mar. v. dos orné à pet. fers, fil. dent. int. tr. dor. (*Niedrée.*)

Édition bien imprimée : en tête se trouve la dissertation de La Monnoye sur le Moyen de parvenir.

Les 2 volumes se composent de 4 ff. lim. et de 544 pp. dont la pagination continue du tome Ier dans le tome II.

Exemplaire NODIER, DESQ et en dernier lieu du COMTE DE LAGONDIE.

Hauteur : 130 mill.

140. L'Éloge de la Folie, composé en forme de déclamation par Érasme, et traduit par M. Gueudeville, avec les notes de Gérard Listre et les belles figures de Holbein. *Amsterdam, chez François l'Honoré*, 1728, frontispice, vignettes et planches pliées, v. ant. gran.

141. L'Éloge de la Folie, composé en forme de déclamation par Érasme; traduction nouvelle avec une préface, une étude sur Érasme et son époque, des

notes et une bibliographie, par Emmanuel des Essarts, 81 eaux-fortes d'après Holbein, un frontispice de Worms et portrait gravés par Champollion. *Paris, Arnaud et Labat*, 1877, in-8, br.

Exemplaire en GRAND PAPIER DE HOLLANDE (n° 9).

142. Les Plaisantes Journées du sieur Favoral, où sont plusieurs rencontres subtiles pour rire en toutes compagnies. *Paris, chez Jean Corrozet*, 1637, in-12, mar. vert, dos orné, fil. dent. int. tr. dor. (*Trautz-Bauzonnet.*)

143. Recueil général des œuvres et fantaisies de Tabarin, contenant ses rencontres, questions et demandes facecieuses, avec leurs responses. En ceste édition est adioustée la deuxième partie de ses farces, non encore veües ny imprimées. Avec les rencontres et fantasies du baron de Gratelard. *Rouen, Loüys du Mesnil*, 1664, in-12 de 288 pp. mar. citr. dos orné, fil. dent. int. tr. dor. (*Cuzin.*)

Jolie édition qui se joint à la Collection elzevirienne. On trouve dans ce livre les Aventures de *Rodomont* et non celles de *Gratelard* annoncées sur le titre.
Très bel exemplaire.
Hauteur : 128 mill.

144. Galerie des Curieux, contenant en divers tableaux les chefs-d'œuvre des plus excellents railleurs de siècle, par Gérard Bontemps, réimprimée textuellement sur les éditions originales, avec une notice bibliographique. *Nice, Gay*, 1873, pet. in-8, demi-rel. v. f. avec coins, fil. tête dor. ébarbé. (*Petit.*)

145. Alphabet de l'imperfection et malice des femmes, reveu, corrigé et augmenté d'un friand dessert et de plusieurs histoires pour les courtisans et parti-

sans de la femme mondaine, par Jacques Olivier. *Paris, Barraud*, 1876, in-8, figures hors texte et vignettes gravées à l'eau-forte, mar. r. jans. dent. int. tr. dor. (*Petit.*)

Exemplaire sur PAPIER DE CHINE.

146. L'Art de désopiler la rate... entremêlé de quelques bonnes choses (par A.-Jos. Panckoucke). *Gallipoli de Calabre, l'an des folies* 175886 (1756), in-12, demi-rel. mar. vert avec coins, dos orné, non rog. (*Koehler.*)

Bel exemplaire relié sur brochure.

147. Le Cochon mitré, dialogue (par Fr. Labretonnière). *Paris, Panckoucke*, 1850, in-12, mar. vert d'eau, dos orné, fil. fleurons dor. sur les plats, dent. int. tr. dor. (*Duru, 1858.*)

Jolie réimpression faite par les soins de M. Chenu et tirée à petit nombre.

148. Polissonniana, ou recueil de turlupinades, quolibets, rébus, jeux de mots, allusions, allégories, pointes, expressions extraordinaires... avec les équivoques de l'homme inconnu et la liste de plus rares curiositez (par l'abbé Claude Cherrier). *Amsterdam, H. Desbordes*, 1722, in-12, demi-rel. v. f. avec coins, fil. à fr. tête dor. ébarbé. (*R. Petit.*)

Réimpression faite à Bruxelles en 1864 et tirée à très petit nombre.

---

149. Lucien, de la trad. de N. Perrot, avec des remarques sur la trad. *Amsterdam, Mortier*, 1709, 2 vol. in-8, figures, mar. vert, fil. tr. dor. (*Rel. anc.*)

Édition recherchée à cause des gravures dont elle est ornée.

150. Recueil de quelques pièces nouvelles et galantes, tant en prose qu'en vers, dont les titres se trouveront après la préface. *Cologne, P. du Marteau* (*à la Sphère, Amsterdam, Elzevier*), 1663, in-12, mar. r. fil. tr. dor. (*Rel. anc.*)

Première édition elzevirienne de ce joli recueil, contenant : le Voyage de l'Isle d'amour à Lycidas (par l'abbé Paul Tallemant) ; Voyage de Chapelle et Bachaumont ; Lettres de l'abbé de M... (de Montreuil), contenant le Voyage de la Cour vers la frontière d'Espagne ; Relation du voyage du Roy à Nantes, 1661 ; Elegies, sonnets, lettres, etc.
Hauteur : 127 mill. 1/2.

151. Œuvres diverses du vicomte J.-A. de Ségur, contenant ses morceaux de littérature, ses poésies fugitives ; la correspondance secrète entre Ninon de Lenclos, le marquis de Villarceaux et Mme de Maintenon, précédées d'une notice sur la vie de l'auteur. *Paris, Dalibon*, 1819, in-8, v. bl. dos orné, fil. et dent. à fr. tr. marbr.

152. Opere scelte di Ferrante Pallavicino, cioè la Pudicitia schernita, la Rettorica delle Puttane, il Diuortio celeste, il Corriero sualigiato, la Baccinata, Dialogo tra due soldati del Duca di Parma, la Disgratia del conte d'Olivarez, la Rete di Vulcano, l'Anima ; di nuovo ristampato, corretto et aggiuntoui la vitta dell'autore, e la continuatione del Corriero. *Villafranca* (*à la Sphère*), 1673, in-12, mar. r. dos orné, fil. tr. dor. (*Purgold.*)

Edition imprimée à Amsterdam par Daniel Elzevier ; c'est la plus estimée et la plus complète des trois éditions de Pallavicino données par les Elzevier.
Hauteur 134 mill.

HISTOIRE

VOYAGE de La Bouille par mer et par terre, nouvelle historique avec introduction et douze eaux-fortes par Jules Adeline. *Rouen, Augé*, 1877, gr. in-8 en 5 fascicules dans un carton.

Ouvrage tiré à un très petit nombre d'exemplaires.

154. Une Année dans le Sahel, par Eug. Fromentin. — Un Été dans le Sahara (par le même). *Paris, Lemerre*, 1874, 2 vol. in-8, vélin blanc, tête dor. ébarbé. (*Pierson.*)

En tête de chaque volume se trouve une lettre autographe de l'auteur à M. Malassis.

155. Discours sur l'histoire universelle à Monseigneur le Dauphin..... par messire Jacques-Bénigne Bossuet. *Paris, Mabre-Cramoisy*, 1691, in-12, mar. r. fil. tr. dor. (*Rel. anc.*)

Bel exemplaire.

156. Discours sur l'histoire universelle, par M. Bossuet. *Paris, de l'imprimerie de Didot*, 1786, 2 vol.

in-8, papier vélin, mar. r. fil. dent. int. tr. dor. (*Bradel.*)

Exemplaire sur PAPIER VÉLIN de l'édition imprimée pour le Dauphin.

157. Les Grâces (recueil de différents ouvrages sur les Grâces). (Publié par A.-G. Meusnier de Querlon, précédé d'une dissertation par l'abbé Guill. Massieu, et suivi d'un discours par le P. Yv.-Mar. André.) *Paris, Prault*, 1769, in-8, cart. ébarbé.

Bel exemplaire avec les cinq jolies figures de Moreau le jeune gravées par de Launay, de Longueil, Massard et Simonet.

158. Expédition de Cyrus dans l'Asie supérieure et la retraite des Dix mille. Ouvrage trad. du grec de Xénophon avec des notes historiques, géographiques et critiques par M. Larcher. *Paris, Debure*, 1778, 2 vol. in-12, carte, mar. vert, fil. dent. int. tr. dor. (*Chaumont.*)

Bel exemplaire en GRAND PAPIER.

159. Guerres d'Alexandre, par Arrian. De la trad. de Nicolas Perrot. *Paris, Aug. Courbé*, 1651, in-8, front. gravé, mar. vert, dent. tr. dor. (*Bradel.*)

Légères mouillures.

160. Figures de l'Histoire de France représentant, règne par règne, les principaux faits et les traits les plus intéressants de cette histoire, depuis l'établissement de la monarchie jusques et compris le dernier règne; avec l'explication sommaire des sujets au bas de chaque estampe, par Jacques-Philippe Lebas. *S. l. n. d.* (*imprimerie Simon*), in-4, 126 planches de Moreau le jeune, gravées par Lebas, bas. tr. dor.

A la fin du volume se trouve le prospectus de cette belle publication.

161. Mémoires de messire Pierre de Bourdeille, seigneur de Brantôme, contenans les anecdotes de la Cour de France, sous les rois Henry II, François II, Henry III et IV, touchant les duels. *Leyde, Sambix le jeune*, 1722, mar. vert, dos orné, fil. tr. dor. (*Rel. anc.*)

Première édition. Bel exemplaire aux armes de MACHAULT D'ARNOUVILLE, contrôleur général des finances.
Hauteur : 133 mill.

162. LA VIE DE GASPAR DE COLLIGNY, seigneur de Chastillon, admiral de France. A laquelle sont adjousté ses Mémoires sur ce qui se passa au siège de Saint-Quentin. *Leyde, Bonav. et Abr. Elzevier*, 1643, 2 parties en 1 vol. in-12, mar. r. dos orné, fil. dent. int. tr. dor. (*Capé.*)

Elzevier rare et recherché. Joli exemplaire de CHEDEAU et de J. RENARD.
Hauteur : 130 mill.

163. Recueil de diverses pièces servant à l'histoire de Henry III, roi de France et de Pologne, augmenté en cette nouvelle édition suivant les titres qui se trouvent à la page suivante. *Cologne, P. du Marteau*, 1666, in-12, v. ant. gran.

Édition donnée par Daniel Elzevier à Amsterdam et la plus complète des trois éditions elzeviriennes de ce recueil.
Elle contient entre autres : *le Discours merveilleux de la vie de Catherine de Médicis*, par Henri Estienne, qui ne se trouve pas dans les éditions précédentes.
Hauteur : 132 mill.

164. Satyre Ménippée de la vertu du Catholicon d'Espagne et de la tenue des Estats de Paris..... (avec les notes de P. Dupuy). *Ratisbonne, Mathias Kerner* (*Bruxelles, Foppens*), 1664, pet. in-12, fig. mar. r. dos orné, fil. tr. dor. (*Simier.*)

Première édition sous cette date. Bel exemplaire de Renouard

auquel on a ajouté les deux figures des Charlatans qui ne se trouvent pas dans cette édition.
Hauteur : 134 mill.

165. Le Siècle de Louis XIV (par Voltaire), publié par M. de Francheville. *Berlin*, *C.-F. Henning*, 1751, 2 tomes en 1 vol. in-12, mar. vert, jans. dent. int. tr. dor. (*Cuzin.*)

ÉDITION ORIGINALE, très rare, inconnue à Quérard, qui donne comme première édition celle de 1752.
Bel exemplaire.
Hauteur : 149 mill.

166. Les Mémoires de feu Monsieur le duc (Henri) de Guise (rédigés par Phil. Goibaud, sieur Du Bois et publiés par Saint-Yon). *Cologne*, *Pierre de la Place*, 1668, 2 parties en 1 vol. pet. in-12, mar. r. jans. dent. int. tr. dor. (*Amand.*)

Jolie édition imprimée à la Haye; c'est la première et la plus belle des deux qui ont été publiées sous la même date. On l'annexe à la Collection elzevirienne. (Voir Willems, *les Elzevier*, n° 1790.)
Bel exemplaire aux armes du comte de Lagondie.
Hauteur : 132 mill.

167. Mémoires D. M. L. D. M. (de Mme la duchesse Mazarin, Hortense Mancini). *A Cologne*, *chez P. Du Marteau*, 1675, in-12, v. f. fil. comp. tr. dor. (*Simier.*)

ÉDITION ORIGINALE, rare, de ces Mémoires, attribués à Saint-Réal.
Hauteur : 140 mill.

168. Mémoires de M. Du Gué-Trouin, chef d'escadre des armées de S. M. T. C. *Amsterdam*, *P. Mortier*, 1730, pet. in-8, mar. bl. dos orné, fil. dent. int. tr. dor. (*Duru.*)

Première édition donnée par Villepontoux et contenant des détails curieux sur la jeunesse orageuse de Duguay-Trouin qui furent supprimés dans les éditions suivantes.

169. Anecdotes sur Mme la comtesse Du Barry (par Pidansat de Mairobert). *Londres*, 1776, pet. in-8, port. v. f. dos orné, fil. dent. int.

170. La Gazette noire, par un homme qui n'est pas blanc, ou Œuvres posthumes du Gazetier cuirassé (Ch. Théveneau de Morande). *Imprimé à cent lieues de la Bastille*, 1784, in-8, demi-rel. mar. bleu à longs grains, tête dor. ébarbé.

171. Advis fidelle aux véritables Hollandois, touchant ce qui s'est passé dans les villages de Bodegrave et de Swammerdam, et les cruautés inouïes que les François y ont exercées avec un mémoire de la dernière marche de l'armée du Roy de France en Brabant et en Flandre (par Abr. de Wicquefort). *S. l.* (*à la Sphère*), 1673. in-12, mar. r. dos orné, fil. dent. int. tr. dor. (*Cuzin.*)

Hauteur : 130 mill.

172. Conjuration des Espagnols contre la République de Venise en l'année 1618 (par l'abbé César Vischard de Saint-Réal). *Paris*, *Cl. Barbin*, 1674, in-12, mar. citr. dos orné, fil. dent. int. tr. dor. (*Veuve Brany.*)

Bel exemplaire de l'ÉDITION ORIGINALE.

173. Libri tre delle cose de Turchi (da Benedetto Ramberti)... *In Vinegia, nell' anno* 1539, pet. in-8, car. italiques, mar. vert, fil. à fr. dent. int. tr. dor. (*Lortic.*)

Exemplaire de la bibliothèque de M. Eugène Paillet.

174. Nouvelle Relation de l'intérieur du Sérail du Grand Seigneur contenant plusieurs singularitez qui jusqu'ici n'ont point été mises en lumière, par

J.-B. Tavernier. *Paris, Clouzier*, 1680, in-12, vél. moderne.

---

175. Le Poète, ou Mémoires d'un homme de lettres, écrits par lui-même (par P.-J.-B. Choudard-Desforges). *Hambourg*, 1798, 4 vol. in-12, 4 figures de Chaillou, mar. r. dos orné, fil. dent. int. tr. dor. (*Belz-Niedrée*.)

Ouvrage rare.

Quelques raccommodages et plusieurs ff. refaits à la fin du tome IV.

176. Les Oubliés et les Dédaignés, figures littéraires de la fin du XVIIIe siècle, par M. Charles Monselet. *Alençon, Poulet-Malassis*, 1857, 2 tomes en un vol. pet. in-8, demi-rel. chagr. vert.

177. Mémoires de Jacques Casanova de Seingalt, écrits par lui-même. *Bruxelles, Rozez*, 1860, 6 vol. in-12, demi-rel. v. f. fil. dor. en tête, ébarbé.

178. Voyage dans un grenier, par Charles C. (Cousin). Bouquins, faïences, autographes et bibelots. *Paris, Morgand (Lille, impr. L. Danel)*, 1878, gr. in-8, papier vergé, eaux-fortes par Alfred Briend, dessins, ornements et fac-similés en couleurs par D. Weber et Ch. Manso, br.

TABLE DES DIVISIONS

	N°
THÉOLOGIE	1
JURISPRUDENCE	10
SCIENCES ET ARTS	11
BELLES-LETTRES.	
I. Poésie.	
A. *Poésies de divers genres*	25
B. *Poèmes. — Fables et Contes. — Poésies badines, gaillardes et burlesques*	41
C. *Chansons*	67
II. Théatre	69
III. Romans et Contes	77
IV. Facéties et Polygraphes	136
HISTOIRE	153

www.ingramcontent.com/pod-product-compliance
Ingram Content Group UK Ltd.
Pitfield, Milton Keynes, MK11 3LW, UK
UKHW032003260826
14628UKWH00005B/2246

9 782329 365473